KB274814

계백의 칼

계백의 칼
문효치 시집

초판 인쇄 | 2008년 7월 25일
초판 발행 | 2008년 7월 30일

지은이 | 문효치
펴낸이 | 신현운
펴낸곳 | 연인M&B
디자인 | 이희정
기 획 | 여인화
등 록 | 2000년 3월 7일 제2-3037호
주 소 | 143-874 서울특별시 광진구 자양동 680-25호(2층)
전 화 | (02)455-3987, 3437-5975 팩스 | (02)3437-5975
홈주소 | www.yeoninmb.co.kr
이메일 | yeonin7@hanmail.net

값 7,000원

ISBN 978-89-6253-004-9 03810

계백의 칼

문효치 시집

| 自序 |

살아오면서 본 것 들은 것 경험한 것들이 많다.

이것들의 흔적을 여기에 담는다.

이 흔적들을 내 나름의 시적 언어들로 표현된 것들인데 대개
는 내 상상력 속에 들어와 그 모습을 조금씩 덜어내거나 덧붙
여서 새로운 모습으로 빚어진 것들이다.

또한 되도록이면 시의 눈을 밝혀 사물 속에 내장되어 있는
비의를 캐 보려 노력했지만 역부족을 확인했을 뿐이다.

그래도 쓸 수밖에 없다.

2008년 여름

문효치

3. 불면

4. 섶섬의 물

1. 백제시

백제시
―스이고천황(推古天皇)[*]

달빛은 바다를 건너
보라색으로 오네

와서 여왕의 어깨에
꽃밭을 가꾸네

꽃은 날아가 아스카데라(飛鳥寺)를 짓고
부처님도 모서 앉히네

기와 굽던 솔숲에서
두견이는 울어쌓고

여왕의 꽃밭에서도
웃음이 흰 이를 드러내며 반짝이네.

[*] 스이고천황 : 백제계 여인으로 일본 천황의 위에 올랐음.

백제시

─코우료우쵸우쿠다라(廣凌田丁百濟)*

마을은 내 귓바퀴 언저리에 들어서네
서역의 먼 세상으로부터 울려오는
메아리의 결에 실려
백제 사투리가 들리네
검붉은 토기에 담겼다가
쏟아져 나오는 고풍(古風)의 바람 한 줄금
여민 내 꿈의 문을 여네

소리와 바람들이 사는 마을에서
아욱에 된장국 끓이는 솥의 뚜껑이
간간이 덜컹거리고 있네.

* 코우료우쵸우쿠다라 : 일본 나라지방에 있는 마을 이름.

백제시

―쿠다라지마에(百濟寺前)*

차나무 가지 끝 물방울
속에 버스가 멈추네

정류장에서 길이 열려
백제사로 가네

절을 짓고
탑을 쌓고
풍경의 옆으로 바람이 와 등을 치네

맑은 염주 속에
큰 스님 들어앉아 염불하듯

물방울 속에
버스 한 대 와 있네.

* 쿠다라지마에 : 일본 나라지방의 한 버스 정류소 이름.

백제시

―토우다이지 대불(東大寺大佛)

부처님의 침묵은 무겁다
하여, 천년 쌓인 중생의 수다
가부좌 밑에 깔고 앉아
실눈을 뜨고 있다

실눈으로 보는 세상이
수없이 허물어지고 또 세워지고
그리하여 또 천년을 가고 있다

파리 한 놈 날아와 얼굴에 앉는다
평화로운 아미, 넉넉한 인중으로 기어 다닌다
귓바퀴, 목울대를 간질인다

부처님의 침묵은 이제 어찌 되는가
파리가 콧구멍으로 들어가 날개를 털 때
부처님은 어쩔 수 없이 재채기를 하며
눈을 한번 크게 떴다

이내 다시 실눈으로 천년을 내다보며
침묵의 가부좌에 손을 내려놓는다.

백제시

―行基*

이제 스님은
큰 부처님 속에 들어가 살고 있네
저 속에서
논 갈고 밭 매다가

하늘 한 모서리 뚝 떼어
연못 하나 만드네
물을 대어 노랑어리연이나 수련을 키우네

연못 속에 길을 내네
이승살이에 지친 이들
이 길로 걸어와 부처님 작은 방으로 드네

때로는 갈 수 없었던 먼 나라
다리 놓아 건너가네

동대사(東大寺) 뜰에 저녁 이내 퍼질 무렵
스님 헛기침소리 몇 번
들려오네.

* 行基 : 왕인의 후손으로 일본 불교에 큰 업적을 남긴 대승정. 특히 동대사
(東大寺) 비로자나대불을 주조했다.

백제시

─쿠다라 간이우편국(百濟簡易郵便局)*

여기에서 편지를 부치면
천오백 년 전 고이왕 때쯤
주홍색 달빛이 피어나는 두루마기의
사나이에게 날아갈까
그 사나이의 고운 딸에게나 날아갈까

여기에서 편지를 부치면
먹칠로 막혀 있는 세월 너머
어둠의 완벽한 거부로 닫혀 있는 지하
거기까지 날아갈까

심장에서 데워진 진한 피
그러다가 와글거리는 숱한 독백
손끝으로 흘러내려 박아 쓴……

여기에서 편지를 부치면
저 하늘 끝 아직도 저녁연기 피어나는
비 그친 마을
그 사립문 안에 날아갈까.

* 일본 나라현의 한 시골에 쿠다라 간이우편국이 있다.

백제시

―아스카 대불(大佛)*

그의 침묵이 물에 쓸려
지층의 아래로 가라앉았을 때
참으로 호젓한 옥으로 계시다가

옥에 눈을 달고
그 어둠을 두루 살피시다가

끈끈한 어둠 주물러 주물러
금강석으로 단단히 빚어 빛내시다가

그 어둠의 일이 조금은 물리셨는가요
지상의 일이 궁금하셨는가요

큰 눈을 부라리고
이제 곧 입에서도 벽력같은 호령이 떨어질 듯

아, 그러나 끝내
나에겐 아무 말이 없으시니.

* 아스카 대불(大佛) : 6~7세기경 백제 조각가 사마지리(司馬止利)가 만듦.
1950년대에 땅속에서 발굴됨.

백제시
―천수국만다라수장(天壽國曼茶羅繡帳)*

그래, 바람 하나
고개를 숙이고 문 앞에 서성인다

피안으로 가는 길목
바람의 옷깃이 연꽃 되어
어둠 밝힌다

집에 매단 종
소리 잡아당겨 침묵을 흔들고
서성이던
그래, 바람 하나
종 속으로 든다

비명으로 간 사내,
죽음의 길, 길가에 걸어두고
그 어두운 속 닦아줄
여인의 옷자락이 펄럭인다.

* 천수국만다라수장 : 일본 성덕 태자가 비명에 죽자 천수국에 가서 왕생하기를 빌기 위해 그 태자비가 백제계 여인 동한말현(東漢末賢)과 한노가기리(漢奴加己利), 고구려계 여인 고려가서일(高麗加西溢)에게 자수를 시켜 만든 수장.

백제시

―구세관음상(救世觀音像)*

어허, 페놀로사*야
내 잠과 함께 꿈이 깨었구나
90m 옛 비단의 결
또는 저 서방으로 이어지는 길에
새겨서 새겨서 감아두었던 꿈이

어허, 페놀로사야
내 꿈의 파편들이 창공에 부딪친다
흰 비단의 결에서 빠져나와
가벼운 방황으로 부서져 내려
이제는 눈도 어지럽구나

너는 내 꿈을 벗긴 것이 아니라
세상의 아픔
아픔의 높디높은 가파름을
벗겨 물결치게 했구나
어허 페놀로사야.

* 구세관음상 : 백제인 지리불사가 만듦. 일본 법륭사 夢殿에 있다.
* 페놀로사 : 미국의 동양미술사학자. 천삼백 년 동안 비단에 감겨 전해 오
던 구세관음상을 1884년 처음으로 개봉 공개했다.

백제시

―왕인의 무덤

뒤쪽 그림자 곁에 쪽문을 만들어
밤으로, 새가 드나드는 걸 보았네

수리부엉이 딴딴한 눈을 닦아 반짝이며
그 혼백을 만나고 있었네

잠긴 문을 겨우 열고
허연 수염이 순간 희뜩 보일 때
그의 혼백은 침묵을 잠시 얻었네

몇 개의 새로운 문자가
홀연 보이다가 사라졌네.

계백의 칼

그가 벤 것은
적의 목이 아니다

햇빛 속에도 피가 있어
해 속의 피를 잘라내어
하늘과 땅 사이
황산벌 위에 물들이고

스러져가는
하루의 목숨을
꽃수 놓듯 그려 놓았으니

일몰하였으되
그 하늘 언제나
꽃수의 꽃물로 가득하여 밝은데
이를 어찌 칼이라 하랴.

2. 패랭이꽃 속의 나라

패랭이꽃 속의 나라 1

햇살이 내려 앉아
기웃거린다

먼 길을 날아와
발디딘 곳
그러나 낯설지 않다

가득히 걸려 있는
현금(弦琴)의 현(弦), 손끝으로 퉁겨
잠든 음률 깨운다

하늘에 떠다니는 색깔
쥐어다가 바르고 치장하면
밤도 밝다

상시 적정 기온이
낙화처럼 날리는
유년의 세계다.

패랭이꽃 속의 나라 2

쏘아 올린
꿈은 홍색 바탕에 자주색

하늘을 향해
멀리 멀리 팔매질을 한다

찰그랑거리며
떨어지는
별사탕 알 알 알

기분 좋을 만큼
어지러운 확대경의 통 속

투명한 사탕알 속에서
형형색색 그림들이
돌아간다

쏘아 올린 꿈은
매양 이렇게
내 머리 속에 들어와
내려앉곤 했다.

패랭이꽃 1

그래, 네게 날개를 단다
구름의 속에 날아들어
힘줄을 뻗고
넝쿨, 8월의 칡처럼
초록의 물결이 흐르게

그래, 네게 넓은 날개를 단다
하늘의 푸르름
그 너머에 구겨져 있는
목숨의 흰 살결에
날아들어가 채색할
네 진한 자줏빛 물감을 위해.

패랭이꽃 2

그래, 네 살은 따뜻해
꽃자주로 채색된 기억의 언덕
내 가쁜 숨 아직 묻어
휘파람 소리로 흐르는 곳

지날 때마다
목숨 조금씩 떼어 묻어 놓고
되돌아보며 떠나던 곳

그리움 다시 돌이 되어
굳어지면
잎사귀 그늘 사이로
눈물 몇 방울도 맺혀 있는 곳

그래, 네 살은 햇빛처럼 따뜻해
그 속에 꽃자주 너무 진해.

패랭이꽃 3

그래, 네게로 보낸다
기억 한 점 떼어 채색하고
꽃자주 봉투에 넣어
공중에 던진다

손톱에 떠오른 반달
그리움에 시달려 서쪽으로 기울고
거기에 한 다발 빗줄기는 서서
울고 있는데

그래, 네게로 날려 보낸다
유년의 소맷자락
그 오라기에 붙어 키를 키우던
기억 한 점 떼어 잎사귀 달고
그 기운으로 목숨도 달아
솟구쳐 날려 보낸다.

패랭이꽃 4

그래, 너는 거기에 있었어
센 바람 떨어져 누워 있는 언덕
그 탱자나무 울타리에
바싹 붙어 서서 걷고 있었어

울타리를 뚫고 들어가
자주색 치마를 벗겼을 때
잠시 추위에 떨고 있었어

그래, 너는 거기에 있었지
어정쩡한 몸짓으로 다가와
안기면서
목관 악기의 부드러운 숨소리로
눈감아 버렸어.

갈참나무 1

오늘 아침 산책길엔
갈참나무 한 그루 서 있었는데
잎사귀마다
눈부신 빛이 불처럼 달려 있었다
외로움으로 떨던 엊저녁
번민으로 익혀 놓은 별빛
햇빛에도 지워지지 않고
불처럼 달려 있었다.

갈참나무 2

어떤 곳의 갈참나무 잎사귀엔
눈부신 빛이 불처럼 달려 있는데

지하에서 타던 불이
나무줄기를 타고 올라온 것이라

땅속엔 깜깜한 어둠만 있는 게 아니라
우리의 선대, 10대, 20대, 30대
또는 백대, 천대, 이전의 조상들이

천 가지 만 가지 생각과
만 가지 십만 가지의 고뇌로
땅속에 불을 켜 밝혀 놓았음이라

그 불의 한 촉
저 나무 잎사귀에 올라와 달려 있음이라.

갈참나무 3

또 다른 갈참나무 잎사귀에
달려 있는 불빛은
맑은 바람에 닿아 비파 소리를 내는데
이 소리 모두 나무줄기를 타고
지하에서 올라온 것들이라
땅속에 억수로 많은 죽음들이 있는데
죽음이란 침묵이나 무의미가 아닌
또 다른 생명의 몸짓이라
그 생명들이 빚어 놓은 빛과 소리
지하에 잘 고여 있다가
언뜻 튀는 놈이 있어
이렇게 나무 잎사귀에로 올라오는 것이라.

귤

달이 나무에 온다
와서 알을 낳는다

나무의 가지를 붙잡고
산통을 한다

비릿한 양수가 터지면서
달 달 달 달……

달이 땅에 내려와
알을 낳는다.

그 풀

그 풀의
그늘에 들어 쉬네

네가 날려 보낸
편지 속의 작은 새
아직 따뜻한 체온으로
그 그늘 덥히고 있네

가지런한 손등에서
언제나 발돋움으로 서 있던 광택
그 그늘 밝히고 있네

때론 먼 바다 보길도쯤에서 담아온
푸른 파도 한 보자기 풀어 놓고 있네

내 핏줄에 흐르고 있는
서늘함
그 풀의 그늘에 들어 쉬네.

선운사 동백꽃

막걸리 사발 속에
피어 있는 그 꽃

넌지시 눈길로 건져 올려
가슴속에 붉은
등불로 달아 놓으니

육신에 퍼져 굳어진 어둠
팅
팅
팅
부수는 맑은 정소리.

줄포 갈대밭

밤이면 별빛으로 빚어내고
아침이면 햇빛으로 다시 맑힌
줄포 갈대밭은
피리의 나라

귀로만 듣는 게 아니라
눈에도 들고
간질간질 목덜미에도 와 감기는

피리 소리가
곰소만 가득 잠자리 떼처럼 날다가
소년의 가슴속에 꽃잎처럼 내려
소년의 가슴속을 꽃물로 적시면서
함께 평생을 살아가는
서울까지도 따라가 살아가는……

그래도 남겨 놓은 피리 소리 하나
나 여기에 와 줍게 되어
맨살에 대고 문지르고 있나니.

미루나무

먼 기억의 나라
거기에서 일어났던 전쟁
그 포성으로 귀가 다쳐
아직도 이명(耳鳴)은 울리는데

세월 속에서 녹이 슬어 붉어지다가
그것도 50년쯤 익으니
반질반질 빛이 난다

하여, 나무 그늘의 매미 소리로
사철 내 머리 속에
날아다니니

내 삶의 가파른 길에
이제는 만만한 벗으로

그 살 찢기는 전쟁 이야기도
재미로 나눌 수 있게 되었다.

갈대

길이 보인다

휘어져 휘청거리면서도
지하에 고여 웅성거리는
목숨을 정갈하게 씻어
하늘로 하늘로 실어 나르는
길이

안개 휘장처럼 옆으로 비끼면서
유리 속으로 굴절하는 햇빛을
빚고 구워
한 그릇 구슬로 담아내는……

부딪는 구슬 소리 소리로
그 마음 씻어
바치는 길이 보인다.

국화

번민 한 접시
노랗게 게워낸다

목숨의 어두운 구석에
봄부터 키워온 불빛 하나

여름의 땡볕으로 달궈내
이름 하나 빚어
하늘가에 달아 놓았지만

저만큼 달아난 세월
그 끝자락에 일고 있는
하얀 바람

속이 비어 가벼운
생애의 한 토막 속에서

번민 한 접시
게워낸다.

싸리

어둠이 산에서 내려와
바다에 섞이는 모습을 본다

유채밭 밭두렁에 서서
어둠이 산에서 내려와
바다에 섞이는 모습을
우두커니 보고 있는
싸리의 모습을 본다

육신 속에서 바글거리던
생각이란 생각
모두 덜어내 버리고

어둠이 바다에 섞이는
아, 아득하고 먼먼
망연한 모습으로 서서
어둠과 바다 속에 섞여버리는
싸리를 본다.

풀잎 하나로

풀잎 하나로
다리를 만든다

풀잎에 맺힌 이슬방울
거기 순간 반짝이는 햇빛에라도
우리의 마음이 함께 꿰어질 때

나는 풀잎을 건너
너에게로 간다

풀잎은 이때
아무리 무거운 짐도 건널 수 있는
든든한 다리가 되고

머나먼 나라에까지 이르는
길이 된다.

돌단풍

바위에 날개가 돋는다

거무튀튀한 몸속에
깊이 간직해 온 사랑 하나
어둠 속에서 견디며 삭다가

이제 삭아 내릴 건더기도 없어
한숨으로만 피워 올릴 때

바위는 뒤뚱거리며
날개를 달아내고

허공중에 떠올라
그냥 한 덩이 구름이나 된다

검은 바위가
사랑 하나 감춰 가진
뭉뚝한 바위가.

3. 불면

기다림 1

화석 속으로 숨는다
화사한 색깔과 고운 노랫소리
기억의 한켠에 연기로 피워 올리고

심장에 피에 섞여
들끓은 열망
정오의 햇빛에 말려

단단한 어둠
숨 막히는 고요 속으로

그리고
천년 억년 혹은 더 오래
앉아 묵상으로
날개를 키워, 깃털 다듬어

우주의 끝 그 궁륭으로 날려 보낼
그리움 하나
닦아 매만져 빛내고 있다.

기다림 2

가문비나무 가지에 그리움이 살고 있다

푸른 전원 가운데쯤 수로를 내어
유년의 버스 정류장으로 아픈 기억 흘려보내며

가지에서 우듬지로 발돋움하며 살고 있다

때로는 그 발부리에
박힌 옹이가 인광(燐光)을 반짝이며 울렁거리고

더러는 형광빛에
슬픔의 너울이 언뜻언뜻 달려가기도 한다

그래도 가문비나무는
그리움 하나
키우며 산다.

기다림 3

남색 보자기에 싼다

비에 맞아 젖고
눈에 맞아 얼던
기다림 하나

그 서러운 눈물 너머
이제는 흐느낌마저
서늘한 그림으로 정지되고

홀로 반짝이던 작은 소망도
온몸 비워내
가벼이 날아가버린 빈자리

텅 비어서 가득한 정적에
가위눌려 엎드린
그리움 하나

흔적 남기지 말고
남색 보자기에 싼다.

기다림 4

비가 오면
사람 다니는 길에
물이 간다

사람이나 물이나
근본은 같으니
물이랴, 사람이랴
무에 다르랴.

기다림 5

—분수

자작나무 잎사귀쯤에 서리는
숲의 그늘이었다가

다시, 그늘이 굳어
끈적한 안개였다가

또한 안개가 걷어
한 덩이 바위였다가

더는 견디지 못해 부서지다가
부서지고 부서지다가
이제는 물이 되어

하늘로 뻗쳐오르나니
이때 이름도 없이 허공에 떠돌던 온갖 빛깔
여기에 모여
선연한 몸짓으로
그 물을 에워싸다

기다림이 빚어내는
견고한 냉기를
에워싸고 외치다
"오, 뜨거움."

기다림 6
―개미

더듬이 끝에서
송신되어진 사연

후미진 산길
가문비나무 그늘에
작은 몸 짓눌리면서

짓눌림의 그늘 틈으로
반짝여 오던
땀내나는 사랑

화강암 바위 밑에 숨겨
숨죽이던
삶의 푸른 마디 한 토막을

물어 나르며, 나르며
뜨거운 여름을 짓고 있다.

기다림 7

심장에 이끼 서리고
피 속에도 검은 그림자 서성여

방 안 가득
일렁이는 어지러움증은
벽에 부딪쳐 쇳소리로 깨어지고

오늘의 나그네 다 지나간 동구 밖
서늘한 목소리로 까마귀만
전봇대 꼭대기에 남아

어두운 하늘을 향해
짖어대는데,
떨어지는 별
떨어지는 달.

산 위에 강이 1
―기다림

산 위에 푸르른 강이
흐르고 있었다

유속에 녹아 함께 흐르는
슬픔의 속살들이
울음을 깨물어
산봉우리 참나무 서너 주 빚고 있었다

머리 벗겨진 햇빛들
일렬로 달려 투신하고

마지막 남은 엊저녁 꿈
시려운 발로 서성이고 있었다.

산 위에 강이 2
—기억

산 위로 강이 흐른다

햇빛들 숲으로 와
촘촘한 목숨들 빚어 넣는데
우리 몇 사람
숲이 보이는 언덕에서
찻잔에 그 햇빛을 받아 마셨지

산 위로 강이 길게 늘여져
숲의 기슭으로 스며들 때

찻잔은 강에 들어와
강물을 길어 날랐지

우리 몇 사람의 몸속에서
강물과 햇빛이 섞여
노을을 만들고

우리도 섞여
한 개의 부푼 풍선처럼
떠오르고 있었지.

산 위에 강이 3
―나바호의 눈물

산 위에 강이 흐른다
강은 산 위로 거슬러 하늘로 오른다

가슴속에서 들끓는 신열로
간장처럼 달여진 눈물이
모하비의 거친 바람에 불려
콜로라도의 골짜기로 모이더니
썩은 강이 된다

강은 산 위의
별을 향해 흐른다

삼키려다 삼키려다
못 참고 터져 나오는
울음소리를 내며
먼 별을 향해 흐른다.

저 숲으로 보내는 편지

저 숲으로 들여다보인다
소년, 그리고 유년의 시대로
거슬러 가는,

햇빛 달빛은 언제나 맑아 있고
그 빛의 언저리에서 놀던 소꿉장난은
열두 가지 색깔로 반짝였지

그래, 작은 궁전 같은 마을이였어
마을 가운데로 황토의 길이
굽이쳐 지나가고
바람개비를 입에 문
우리들의 환희가 그 길을 달려갔지

달음질은 끝이 없었어
아침부터 밤까지
때로는 잠 속으로 들어온 길 위에서도

저 숲속에 있어, 아름다운 유년
보이는 것은 모두 새로운 것
온통 세상이 신비롭기만한

저 숲속에…….

휴전

닭의장풀 그 꽃의 푸르름 속에
녹슨 철조망 있다

유월의 꾀꼬리
소리 소리 소리 소르리 소르리리
목구멍이 닳도록

그 꽃의 푸르름 속 노란 꽃술로
날고 싶지만

철조망의 가시,
언제나 심장은 찔려 피터지고……

고운 해 속으로 붉게 물들어가는
그 새의 등이 구부정하게 휜다

고찰의 타종처럼 둔탁한 얼굴의
세월이 무섭다.

휴전선

간과 심장의 아픔이다
철조망의 가시에 찔린
달의 몸에서 피나
임진강으로 흘러드는데

아직도
간과 심장에서 툭탁거리며
불에 단 포화는 날고, 새도 날고
새 날다가 날개 부러지고

휴전선 견고한 벽에
바람도 구름도 부딪쳐 깨어지고

오르다가 오르다가
주저앉고, 떨어지고
떨어지다가 막 박터지고

간과 심장은
언제나 열병이다, 염병이다, 지랄이다.

휴전선을 보며

울음이 걸렸다
찢어진 군복처럼 나부끼다가
목구멍에 걸렸다

내 몸속에 금 긋고
이내 영혼 깊은 속까지 금줄을 치고

금마다 줄마다
표백한 울음이 걸렸다

진한 어둠이 걸어와
울음을 덧칠한다

손가락으로 목구멍을 후벼도
게워지지 않는 뻑뻑한 울음
목에 걸렸다.

침묵

잠 속으로 걸어온다
부처님의 침묵

잠 속의 네 구석
어둠을 닦아내고

말보다 더 뜻이 깊은
불 한 송이 켠다

바람 불어 들어온다
저 범종의 안 깊이 맴돌다
쇠에 서린 번뇌를 씻어내고
한 가닥 맑은 소리에 얹혀
내 살 속 따스함으로 스며온다.

불면 1

심장의 모서리에

찔린 그 탱자 가시 하나가
푸른 뿌리로 자라고 있다.

불면 2

달의 얼굴 위에

어두운 휴화산 하나가
맑은 호수로 물 고이나 보다

잠을 빠져나와
배를 짓고 있는 이 밤.

불면 3

달이
노오란 빛을 다 덜어주고
한 덩이 바위로 돌아가고 있다

유년의 둠벙 속에
따뜻한 물로 다 덜어주고

달이
꽝꽝한 바위
그 차가운 침묵으로 돌아가고 있다.

불면 4

꿈속에도 당근 밭은 있어
흰 꽃으로 잠을 물들이는데
당근꽃 따며 소리치는
순님이의 앙칼에
탱자나무 울타리
가시란 가시는
모두 일어서고 있다.

4. 섶섬의 물

범섬

우묵사스레피나무 아래
하늘 한 조각 떨어져 내려
물 되어 흐르는 곳

때로는 노란 물감
온 섬에 풀어 억새 키워 놓고

바람 잔 날 물 위를 걸어오는
한라산 정령을 만나

술잔 나누며 영감 얻어내는
화가 이중섭
그의 흐느적거리는 추억.

서귀포 동백

서귀포 언저리
바다를 바라보고 서 있는 동백나무는
잎사귀마다 해가 하나씩 달려 있어
저 해원으로 붉은 빛을 쏘아 보내는
높은 등대로 서 있었는데요
내 가슴속에 가득찬 어둠을
조금이라도 쓸어낼 욕심으로
동백나무 등대에서 뿜어나오는
붉은 빛을 한 주먹씩 떼어다가
가슴에 문지르고 또 문지르고 했는데요
동박새란 놈 까르르 웃으며
고개 돌려 나를 보더니
"뭘 좀 알긴 아는군." 하더라고요.

섶섬의 물

섶섬의 물빛이 하도 고와
창 앞에 걸려 있는 그림이길래
그 그림 뜯어다가 가방에 우겨 넣었지
뜻밖의 횡재에 히죽거리며
집에 와서 가방을 열어 보았지
그러나 가방에선 구정물만 웅성거려
방 안에 온통 넘쳐 흘렀네
섶섬의 물은 섶섬에 있을 때만
그림으로 빛나는 걸 까맣게 몰랐지.

성산포에서

물가에 가 보면
나무들 걸어나와
물과 낯을 익히는 모습 보인다

저기 일출봉이 허공에 손을 뻗쳐
사과알 같은 해들을
뚝뚝 따서 던져주면

웃음소리로 씻어
가지에 매달고 있는
나무들 모습 보인다

바다에서 뛰어나와
나무에 기어오르는
해처럼 맑은
물의 모습 보인다.

사계리에서

송악산에서는
돌 속에서도
파도 소리가 들리는 걸 아는가

돌 속에서도
푸른 바다가 밀려 들어와
파도를 일으키며
울고 있음을 아는가
무심코 돌을 주워들었을 때
손바닥 위에서
거센 파도가
고깃배 한 척 밀고 가는 것을……

작은 돌 하나에도
절절한 울음이
가득히 잉잉거리고 있음을 아는가.

왕숙천 왜가리

어찌할까요
아직 내릴 곳을 찾지 못했어요

허공을 비상하여
날개는 지쳐 이제는 쉬어야 할 때
그러나 어느 물가에 날개를 접을까요

왕숙천을 따라
수없이 오르내리며 살폈지만
검은 물이 소리소리 지르며
거품을 토할 뿐

투명한 물 위의
한 점 하얀 꽃으로 피던
지난날처럼

지상에 내려
향기로운 개화(開花)로 뿌리박고 싶은데
어찌할까요
이제는 어두운 하늘을 선회하다가
중천 어디쯤에서
그냥 삭아버려야 하나요

피는 꺼내어 붉은 햇빛에 섞어버리고
울음은 훑어내어 달밑에 매달아 놓고
목숨을 부수어
흔적 없이 날려 보내야 하나요

빛이 날아가다가 멈추는 곳
먼 먼 우주의 끝으로.

옛 정자에 올라

아직도 조금은 남아서
떨고 있구나

대나무가 자라면서
비비적거릴 때,

그 죽순 껍질이나 잎사귀에
해가 잠깐씩 들를 때마다

언뜻언뜻 반짝이는
그대 손끝에서 튕겨져 나온
거문고 소리로

그대가 들여놓은 맑은 바람
아직도 조금은 남아서
내 귀를 씻어주고 있구나.

선유도
—소녀

갈밭 속에
달빛이 있다

어젯밤 내려왔다가
날개를 잃고 다시 올라가지 못한
푸른 달빛이 있다

바람이 불 때마다
달빛은 갈대를 붙들고 운다

울면서 고와지는
슬픔으로 씻겨져 맑아지는

갈밭 속에
달빛이 있다

울면서
내 품에 보듬겨 버리는
달빛이 있다.

교룡산(蛟龍山)

이무기는 등이 푸르다
제가 제 살을 향해
막대를 들어 후려치는 동안

백년을 두고 몇 백년을 두고
내려치는 동안

이무기의 등은 푸른 멍이 들고
멍 위에 다시 멍이 들어

멍든 몸이 부어올라
꿈틀거려 허물을 벗고
뒤틀고 몸부림치다 저절로 자라

온몸을 꽃밭처럼 뒤덮은 상처에
딱지가 앉고 비늘이 돋아

화려한 변신으로
날아오를 수 있을 때까지
제 살을 향해 막대를 친다.

눙다리

엎디어 흐르던 물이
무릎을 세우며 일어서더라

돌 속에 날개들이 스며든 것일까
돌다리도 안개 속에 날아오르더라

천년의 별빛으로 맑게 씻어 놓은
흩어질 듯 감기어 서린 그리움의 등

그리움이 묵으면 알이 되는 것일까
바람은 쑥국새 울음소리로
하얀 알을 낳아 숲으로 보내고

나는 뱃속 가득 패랭이꽃 피어나
저기 신라로 신라로 건너가고 있더라.

우포 가는 길

길은 물 위에 떠 있다
나는 비암처럼 달빛처럼 피리 소리처럼
하여튼 무엇이든 긴 몸뚱이가 되어
그 길을 붙잡는다

칙—폭—
기차놀이처럼 즐겁게
물의 나라를 지나
기차는 물소리 첨벙거리며

저 외계의 노란 별 위에
고스란히 남아 있는
유년의 나라로

거기 금빛 뚜껑을 열고
나를 맞아주는
원시의 푸르른 수림

내 기억의 밑창
겨우 잊혀지지 않고 남아 있는
그 청정의 나라로 가는 길이다.

향일암 종소리

어둠에 걸쳐지는 현금(弦琴)
종을 때릴 때마다
공허한 어둠 속에 현금이 걸렸다

달은 하늘에서 솟지 않았다
오늘은 범종 속에 들었다가
현금의 은빛 현이 되어 풀려나왔다
바르르 떨고 있는
긴 긴 현 위에
젖은 동백잎 날아와
통통 튀고 있었다.

거제도 신현을 지나며

저 집들의 뼈대 몇 개
서걱거리며 앓고 있다

내장과 살은 이미 삭아버리고
뼈대 몇 개 어정쩡 서서
엄습해 오는 동통
햇볕에 널어 말리다가는

뱃고동 소리에 경련을 일으키며
달아오르는 신열을 어쩌지 못한다

발악 같은 신음 소리로
계룡산 허리를 헐어내리고

발광 같은 몸부림으로
진해만 바닷물 휘저어도

마녀의 잠 같은
죽음은 오지 않아

뼈대로 남아, 뼈대로만 살아
죽음보다 더 깊게
앓고 있다.

압해도에서

섬 속에
뜨거운 살 한 점 묻었다

섬의 푸석한 가슴 헤집고
섬 속에
외로운 살 한 점 묻었다

파도가 와서
짐승 같은 울음 울어
무덤의 문 흔들어도
무시로 지나가는 세월 잡아당겨
두껍게 묻어 두었다

그리움으로
독한 술 같은 그리움으로
말갛게 익어 익어

붉은 화산으로 솟을 때까지
섬 속에
살 한 점 뚝 떼어
묻어 두었다.

흑산도 복성재

바다 하나 들어와 산다
손가락 끝에 침 발라
낡은 전적(典籍)을 넘기며
잔기침 뱉어
시렁 위 거미줄에 걸어 놓고

마당 앞 하얀 당근꽃 딛고
햇빛도 하나 들어와
기름장판 두꺼운 시름 쓸어내고

책상다리로 앉아
방을 가득 채우며 산다.

도피안사(到彼岸寺)

남북으로 잘라진 땅
철원에 다녀왔습니다

승일교 다리 아래
아직도 피가 섞여 흐르고
백마고지 김일성 고지에는
햇빛 속에 포성이 튀어오르고 있습니다

155마일 철조망에
울음소리 걸려 찢어지고 있는데
웬 풀꽃은 모르는 척
저리도 으뭉스럽게 웃어댈까요

밤이면
노동당사 황야에 서서
검은 도깨비들 뛰놀아
이층 삼층으로 쿵쾅거리고
달빛도 놀라
저만치 풀숲으로 숨어버리는데

비로자나 광명의 부처님
땅속에 묻혔다가 다시 부활하시듯
성층권 허공에 떠도는 밝은 빛

훠어이 훠어이 움켜다가
여기에 가만히 놓아주시지요.

못질

—사도세자

목숨 한 덩이 견고한 상자 속에 구겨 넣어
밀폐의 못질 소리 하늘 울리고
아버지, 죽는다는 것은 무엇일까요
당신의 망치에 힘이 붙을수록
나는 점점 자유의 빛이 육신으로 스며들고

갈기를 휘날리며 날뛰는 시간 속에서
어차피 우리는 모두 미치광이

아버지, 당신의 망치에 힘이 붙어
이 몸에 못질이 더 세게 가해질수록

나는 당신에 대한 보복처럼
진정 보복할 뜻은 없었지만
당신에 대한 미친 보복처럼
평화로운 자유가 오더이다.

남한산성

풀꽃에 기대어 있더라

넘어질 듯 넘어지지 않고
풀꽃의 그 빛깔 숨결
털어내고 발라내어
헐어지는 목숨에 잇대고 있더라
풀꽃에 숫제 안기어 있더라

너무도 힘겨웠던 병자년 겨울
얼음 속에 갇혀 있던
그 빛깔 숨결 녹아
이제는 온몸에 끼얹으며

함께 풀꽃이 되어
잊어도 잊히지 않고
밟아도 밟히지 않는
그 힘과 생명으로 살아 있더라.

망해사 밤

바닷물에 젖은
어둠이
내 살 속에 들어와 있던
물새 한 마리
지우고 있다

내 뇌 속에 고여 있던
종소리 한 떨기

내 피 속에 섞여 있던
햇빛 한 다발

내 뼈 속에 짓고 있던
절 한 채 지우고 있다

바닷물에 젖은
걸쭉한 어둠이
내 속을 걸어다니며

저기 아득한 시간
그 바깥의 머나먼 나라로
나를 밀어내고 있다.

대왕암 일출

새롭게 태어날
추억과 사랑을 위해
허파의 한가운데쯤
제단을 쌓았다

막 솟아오르는 해
내 제단에 입히고
어깨에서 잠자던
새들 새들 새들
일제히 깨어나
비상을 한다

둥둥둥둥
바다는 북을 친다.

독도에서 만나리

바위틈의
원추리꽃처럼

은빛 날개에
여름 햇살 가득 실은
저 갈매기처럼

천년 세월
풍우를 다 받아내고
침묵으로 서 있는
향나무처럼

거기
독도에 가 있는
너를 만나러 가리

가서 내 옷 벗어 입혀주고
내 살 한 점 떼어주고

그 하늘 아래
내 넋도 한 자락 떼어
깃발로 달아 놓으리

푸른 바다
그 물감 들어
푸르게 펄럭일
깃발 하나 달아 놓으리.

첨성대

별이 보여요
저 별 너머로
그대 얼굴 보여요
천년을 삭혀온
긴 숨소리 들려요
하늘의 치마를 들추고
속살로 들어가는 길
별의 더운 눈물로 씻어낸
미소가 떠돌아요.

땅 끝에서

이 힘을 어찌할거나
하늘가, 아무리 솟구쳐 뛰어도
식지 않는 사랑
땅 끝에 이르러 그리움이 되는데
세월 건너 아스라이 가버린 그대
그리움에 씻겨 단단한 보석이 되다가
그것도 지쳐 바스라져 가는데
저 혼자 솟구쳐 뛰어오르는
이 힘을 어찌할거나.

아득하여라

세월의 너울 너머
사라져버린
그대의 안부
아득하여라
퍼질러 앉아 울고 있는
바다 저 끝
저 혼자 솟구치는
은빛 파도만
발아래 땅 끝으로
올라오는데
가슴속, 동백꽃 다발로
붉게 터지는
벅찬 그리움
어찌하리야.

역사시에서 여행시까지의 긴 여정

이승하
(시인 · 중앙대 교수)

시집의 제목이 '계백의 칼'이다. 황산벌에서 나당연합군의 침략을 방어하다가 패하여 죽은 백제의 장군 계백은 전쟁터에 나가기 전, 자신의 처자를 모두 죽인 일화를 남기고 있다. "우리 백제의 힘으로 나당의 큰 군대를 당하니 나라의 존망을 알 수 없다. 내 처자가 잡혀 노비가 될지도 모르니 살아서 욕보는 것이 흔쾌히 죽어버리는 것만 같지 못하다."란 말을 남기고 칼을 들어 처자를 먼저 베었다. 계백의 이런 행동을 두고 고려조의 권근은 패배를 미리 자인한 것이며 잔인무도하다고 했고 조선조의 서거정은 절개를 지키며 나라와 더불어 죽은 자라고 칭송했다. 나라에 대한 계백의 충성심과 장군으로서의 용맹성을 높이 치더라도 지나치게 비정한 아비요 남편이었다. 문효치 시인은 계백의 칼을 이렇게 그리고 있다.

그가 벤 것은
적의 목이 아니다

햇빛 속에도 피가 있어
해 속의 피를 잘라내어
하늘과 땅 사이
황산벌 위에 물들이고

스러져가는
하루의 목숨을
꽃수 놓듯 그려 놓았으니

일몰하였으되
그 하늘 언제나
꽃수의 꽃물로 가득하여 밝은데
이를 어찌 칼이라 하랴.
　　　─〈계백의 칼〉 전문

　앞서 언급한, 처자식을 벤 칼의 의미는 시인에게 중요하지 않
다. 칼을 들어 수없이 베어 죽인 적들, 끝내는 처자식까지 베어
죽인 그 칼의 의미는 시에 드러나 있지 않다. 이 시에서 중요한
것은 칼이 성취한 미학이다. 칼은 해 속의 피를 잘라내고, 스러
져가는 하루의 목숨을 꽃수 놓듯 그려 놓는다. 일몰이 왔음에도
불구하고 하늘이 언제나 꽃수의 꽃물로 가득하여 밝다고 함은
인간이 만든 칼이 자연의 칼을 따라갈 수 없음을 말해 주는 것
이다. 계백의 칼도 세월이 흐르면 무뎌지고 녹슬게 마련, 우리
는 밤의 칼이 아닌 낮의 칼을, 어둠의 칼이 아닌 햇빛의 칼을 지
향해야 한다. 하지만 계백은 적의 목을 베기 전에 처자식의 목
을 베었다. 아니, 계백은 천륜을 베고 자연을 베고 자신을 베었
다. 시인은 이것이 못마땅한 것이다.

　시집의 제1부에는 ‘백제시’라고 이름붙인 시가 10편이며, 그렇지 않은 시가 바로 앞서 언급한 〈계백의 칼〉이다. 연작시 10편은 일본에 남아 있는 백제의 흔적을 직접 답사하여 확인한 후에 쓴 것이다. 10편 시 중에서 인상 깊게 읽은 시는 지명에 ‘百濟’가 들어 있는 것을 보고 쓴 3편이다.

마을은 내 귓바퀴 언저리에 들어서네
서역의 먼 세상으로부터 울려오는
메아리의 결에 실려
백제 사투리가 들리네
검붉은 토기에 담겼다가
쏟아져 나오는 고풍(古風)의 바람 한 줄금
여민 내 꿈의 문을 여네
　―〈백제시〉 부분

절을 짓고
탑을 쌓고
풍경의 옆으로 바람이 와 등을 치네

맑은 염주 속에
큰스님 들어앉아 염불하듯

물방울 속에
버스 한 대 와 있네
　―〈백제시〉 부분

여기에서 편지를 부치면
천오백 년 전 고이왕 때쯤

주홍색 달빛이 피어나는 두루마기의
사나이에게 날아갈까
그 사나이의 고운 딸에게나 날아갈까

여기에서 편지를 부치면
먹칠로 막혀 있는 세월 너머
어둠의 완벽한 거부로 닫혀 있는 지하
거기까지 날아날까
―〈백제시〉 부분

제일 앞의 시는 부제가 '코우료우쵸우쿠다라(廣凌田丁百濟)'이며 그 다음 시는 '쿠다라지마에(百濟寺前)'이며 제일 뒤의 시는 '쿠다라 간이우편국(百濟簡易郵便局)'이다. 일본인들은 지명에 종종 '백제'를 쓰고 있는데, 이는 당연히 백제인의 손길이 그곳에 닿아 있기 때문이다. 문효치는 일본 나라지방의 코우료우쵸우쿠다라란 마을에 가서 백제인의 체취를 맡는다. 백제인의 사투리는 물론이거니와 '아욱에 된장국 끓이는 솥의 뚜껑이/간간이 덜컹거리는' 소리도 환청으로 듣는다. 시인이 그곳에서 만난 바람은 '검붉은 토기에 담겼다가/쏟아져 나오는 고풍(古風)의 바람'이다. 그 바람이 꼭 여미고 있던 시인의 꿈을 연다. 백제가 660년에 나당연합군에 의해 망한 나라인 줄 알았는데 일본에 가 보았더니 그렇지 않더라는 것이다. 쿠다라지마에는 나라지방의 한 버스 정류소 이름이다. 백제사라는 이름의 절 근처에 있는 정류소 이름이 아닌가 싶다. 백제인은 그 옛날 이 땅 일본에 와서 절을 짓고 탑을 쌓았다. 시인이 차나무 가지 끝 물방울 속에 버스가 멈추는 착각, 물방울 속에 버스 한 대가 와 있는 착각에 사로잡힌 것은 백제인이 그 자리에 흔적을 남겨 놓았기 때문이다. 시공을 뛰어넘어 일본의 고도에 와서 본 백제인의 자취여서 이런 착각 내지는 환상에 사로잡힌 것이 아닐까. 시인은 나라현의 한 시골에서 '쿠다라'라는 이름의 간이 우편국을 보게 된다. 일본의 시골에까지 백제라는 이름의 우편국이 있으니 놀라운 일! 시인은 여기서 편지를 쓰면서 누구누구에게 그 편지가 전달되지 않을까 하는 상상을 해 본다. '저 하늘 끝 아직도 저녁연기 피어나는/비 그친 마을/그 사립문 안'은 아무래도 1500년도 더 전의 백제 마을 같다. 이와 같이 시인은 일본에 가서 백제를 보고 듣고 느껴 10편에 이르는 백제시를 썼다. '스이고천황(推古天皇)', '토우다이지 대불(東大寺大佛)', '行基', '야스카 大佛', '천수국만다라수장(天壽國曼茶羅繡帳)', '구세관음상(救世觀音像)', '왕인의 무덤' 같은 부제를 붙인 시도 일본에서 만난 백제인의 손길, 일본에서 본 백제인의 예술품, 일본에 문화를 전한 백제인의 높은 정신에 대한 느낌을 땀땀이 수놓은 것이다. 특히 왕인의 후손 행기(行基)는 동대사의 비로자나대불을 주조했는데, 시인은 그 대불 앞에서 타임머신을 타고 천년 전으로 시간 여행을 한다.

부처님의 침묵은 무겁다
하여, 천년 쌓인 중생의 수다
가부좌 밑에 깔고 앉아
실눈을 뜨고 있다

실눈으로 보는 세상이
수없이 허물어지고 또 세워지고
그리하여 또 천년을 가고 있다

파리 한 놈이 날아와 얼굴에 앉는다
평화로운 아미, 넉넉한 인중으로 기어 다닌다
귓바퀴, 목울대를 간질인다
―〈백제시〉 부분

동대사의 대불도 천년을 침묵을 지켰지만 대불을 세운 행기
도 마찬가지다. 하지만 '그리하여 또 천년을 가고 있다' 고 하
니, 이 시에서의 '침묵' 이란 말없이 말하는 것이다. 대불을 통
해 행기는 천년이 넘는 긴 세월 동안 말하고 있다, 백제의 예술
혼을. 천년을 침묵한 부처는 '다시 실눈으로 천년을 내다보며/
침묵의 가부좌에 손을 내려놓는다' 이처럼 백제는 일본 땅에서
두 번의 천년을 넘어서 세 번째 천년을 실눈으로 내다보고 있는
것이다. 제1부의 시는 통칭하여 역사시라고 할 수 있을 것이다.
천년 저쪽의 역사를 지금 이 시대에 돌아보게 했으니 말이다.
　시집 제2부의 시편은 주로 꽃과 풀과 나무에 대한 상념을 전
개한 것이다. 식물의 특성을 면밀히 관찰하는 동안 시인은 그
식물을 스승으로 모시게 된다. 동물인 인간이 식물한테서 무엇
을 배울 수 있는 것일까.

그래, 네게 날개를 단다
구름의 속에 날아들어
힘줄을 뻗고
넝쿨, 8월의 칡처럼
초록의 물결이 흐르게

그래, 네게 넓은 날개를 단다
하늘의 푸르름

그 너머에 구겨져 있는
목숨의 흰 살결에
날아들어가 채색할
네 진한 자줏빛 물감을 위해.
―〈패랭이꽃 1〉 전문

시인은 이 나라 산천에 지천으로 피어 있는 패랭이꽃한테서
자유로운 정신과 끈질긴 생명력, 그리고 자연과의 조화를 배운
다. 패랭이꽃에 비한다면 인간은 대단한 존재일 테지만 온갖 책
무와 속박에 시달리며 살아가고 있고, 공해에 찌들어 있고, 자
연을 처형하면서 살아가는 존재일 거라는 비판의식이 이 작품
의 행간에 숨어 있다.

풀잎 하나로
다리를 만든다

풀잎에 맺힌 이슬방울
거기 순간 반짝이는 햇빛에라도
우리의 마음이 함께 꿰어질 때

나는 풀잎을 건너
너에게로 간다
―〈풀잎 하나로〉 부분

풀잎만큼 흔한 것이 이 세상에 또 있으랴. 하지만 생명과 생
명 사이에 흡사 중매쟁이 같은 풀잎이 있다. 풀잎이 연약하다고
함은 잘못된 고정관념이다. ‘아무리 무거운 짐도 건널 수 있는

/튼튼한 다리', '머나먼 나라에까지 이르는/길'이 될 수 있는
것이 풀잎이다. 그만큼 끈질긴 생명력을 갖고 있으며, 우리의
마음이 함께 꿰어지기를 바라는 화합의 정신을 지니고 있다. 풀
잎 하나의 의미를 깨달을 수 있는 것이 또한 시인이 아니랴. 갈
참나무 잎사귀가 식물의 생명력 발현이기도 하지만 수많은 죽
음이 빚어내는 빛과 소리, 혹은 생명의 몸짓임을 깨닫게 해 준
시가 있다.

땅속엔 깜깜한 어둠만 있는 게 아니라
우리의 선대, 10대, 20대, 30대
또는 백대, 천대 이전의 조상들이

천 가지 만 가지 생각과
만 가지 십만 가지의 고뇌로
땅속에 불을 켜 밝혀 놓았음이라
　　―〈갈참나무 2〉 부분

땅속에 억수로 많은 죽음들이 있는데
죽음이란 침묵이나 무의미가 아닌
또 다른 생명의 몸짓이라
그 생명들이 빚어 놓은 빛과 소리
지하에 잘 고여 있다가
언뜻 튀는 놈이 있어
이렇게 나무 잎사귀에로 올라오는 것이라
　　―〈갈참나무 3〉 부분

삶과 죽음에 대한 해석이 새롭다. 우리는 흔히 삶이란 것을

생―로―병―사로 이해하는데, 문효치는 '사'가 '생'을 위해 필요한 것으로 이해하고 있다. 사실, 낙엽이며 죽은 나무가 거름이 되기도 한다. 똥을 삭혀 거름으로 쓰기도 하고 짚단을 태워 거름으로 쓰기도 하지 않는가. 죽은 것들이 이 세상을 움직이는 동력이 됨을 우리는 원유나 짐승의 기름으로 불을 밝히는 것에서도 알 수 있다. 갈참나무 잎사귀에 달려 있는 불빛이 지하에서 올라온 죽음의 '또 다른 생명의 몸짓'으로 간주한 시인의 안목에 탄성을 발한다. 시인은 미루나무를 보고 6·25 때의 포성을 연상하기도 하고 귤을 보고 달이 땅에 내려와 알을 낳았다는 상상을 해 보기도 한다. 이외에도 많은 식물을 시인이 노래하고 있는데, 여기에 대한 감상은 독자의 몫으로 돌린다.

시집의 제3부에는 연작시 〈기다림〉이 7편, 〈산 위에 강이〉가 3편, 〈불면〉이 4편 실려 있다. 시집 전반부가 일종의 관찰기록부였던 것임에 반해 제3부에 이르면 시인의 내면일기임을 제목에서부터 알 수 있다.

심장에 이끼 서리고
피 속에도 검은 그림자 서성여

방 안 가득
일렁이는 어지러움증은
벽에 부딪쳐 쇳소리로 깨어지고

오늘의 나그네 다 지나간 동구밖
서늘한 목소리로 까마귀만
전봇대 꼭대기에 남아

어두운 하늘을 향해
짖어대는데,
떨어지는 별
떨어지는 달.
　　─〈기다림 7〉 전문

　시인의 내면은 시방 어둡고 어지럽기 이를 데 없다. '서늘한
목소리로 까마귀만/전봇대 꼭대기에 남아' 있다니, 흡사 세상
의 종말이 온 것 같다. 어두운 하늘을 향해 까마귀가(혹은 내가)
짖어대니까 별과 달이 하늘에서 떨어진다. 기다려도 기다려도
내가 기다린 존재가 오지 않았기에 이렇게 절망스러운 것이다.
하지만 연작시 7편 어디를 봐도 기다림의 대상이 누구인지, 왜
기다리는 것인지, 구체적으로 말해 주지 않는다. 누구를, 혹은
무엇을 기다리는 것인지가 중요한 것이 아니고, 기다림 그 자체
가 중요한 것이 아닐까. 기다리는 동안 느끼는 그 초조함, 원망
스러움, 회한과 회의…….

마지막 남은 엊저녁 꿈
시려운 발로 서성이고 있었다
　　─〈산 위에 강이 1〉 부분

우리도 섞여
한 개의 부푼 풍선처럼
떠오르고 있었지
　　─〈산 위에 강이 2〉 부분

삼키려다 삼키려다

못 참고 터져 나오는
울음소리를 내며
먼 별을 향해 흐른다
―〈산 위에 강이 3〉 부분

3편 시 중에서 두 번째 시가 다소 희망의 메시지를 전해 주고 있을 뿐, 나머지 시는 분위기가 서럽고 암울하다. 시인의 시대에 대한 인식이나 세계관이 비관적인 데서 오는 어둠인지 시적 장치를 하다 보니 어두운 빛깔로 채색하게 되었는지 알 수 없지만 시세계가 어둡고 무거운 것은 사실이다. 분단의 60년 역사에 대한 성찰과 남북이 휴전선을 사이에 두고 대치하고 있는 오늘의 상황에 대한 뼈아픈 진단이라고 할 수 있는 〈휴전〉, 〈휴전선〉, 〈휴전선을 보며〉도 마찬가지이다. 시인의 내면세계는 분노와 회한으로 가득 차 있는데, 연작시 〈불면〉 4편에 이르면 거의 절정에 와 있다는 느낌이 든다.

심장의 모서리에

찔린 그 탱자 가시 하나가
푸른 뿌리로 자라고 있다.
―〈불면 1〉 전문

꿈속에도 당근 밭은 있어
흰 꽃으로 잠을 물들이는데
당근꽃 따며 소리치는
순님이의 앙칼에
탱자나무 울타리

가시란 가시
모두 일어서고 있다.
―〈불면 4〉 전문

불면의 원인이나 경과는 이야기하지 않고 불면이라는 현상
그 자체에 주목하여 시를 썼다. 잠이 오지 않는 밤, 신경이 날카
롭게 일어서 있는 것을 시인은 탱자나무 가시에 빗대어 보았다.
즉, 불면이라는 현상을 상징하는 기재가 탱자나무의 가시인데,
심장의 모서리에 찔린 가시는 푸른 뿌리로 자라기도 한다. 때로
는 꿈속에서 울타리의 가시가 모두 일어서기도 한다. 문효치는
기다림과 불면의 어두운 골짜기에 계속 머물 것인가? 그렇지
않다. 이런 어두운 내면세계에서 빠져나오기 위해 시인이 선택
한 방법은 여행이다. 시집의 제4부는 거의 다 '여행시'라고 할
수 있다. 국토 탐방에 나선 이의 여행기가 24편에 이른다. 제일
앞에 있는 시가 〈범섬〉이다.

우묵사스레피나무 아래
하늘 한 조각 떨어져 내려
물 되어 흐르는 곳

때로는 노란 물감
온 섬에 풀어 억새 키워 놓고

바람 잔 날 물 위를 걸어오는
한라산 정령을 만나

술잔 나누며 영감 얻어내는

화가 이중섭
그의 흐느적거리는 추억.
—〈범섬〉 전문

　이중섭은 서귀포에 살면서 정방폭포 부근에 내려가 그림을 많이 그렸는데, 섶섬과 범섬이 자주 등장한다. 범섬은 서귀포 칼호텔 산책로에서 잘 보인다. 시인은 이중섭이 종종 그림에다 담은 그 섬임을 알고는 상념에 잠긴다. 화가에 대한 흐느적거리는 추억으로 시를 썼으니, 화가와 그림을 시의 화폭에 담았다고 할까, 시가 그대로 그림이 되었다.
　여행시 중에는 설화나 전설을 시의 화폭에 담은 〈교룡산〉, 〈농다리〉, 〈향일암 종소리〉 같은 시가 있는가 하면, 우리 역사의 명암을 스케치한 〈못질—사도세자〉, 〈남한산성〉, 〈대왕암 일출〉, 〈첨성대〉 같은 시도 있다. 한국 현대사의 아픔을 여행지에서 확인한 〈거제도 신현을 지나며〉, 〈도피안사〉, 〈독도에서 만나리〉도 있다. 나머지 시는 여행지에서의 감상을 담은 순수 여행시이다. 제4부의 모든 시 가운데 딱 1편을 꼽아 보라고 하면 해설자는 망설임 없이 이 시를 꼽겠다.

바닷물에 젖은
어둠이
내 살 속에 들어와 있던
물새 한 마리
지우고 있다

내 뇌 속에 고여 있던
종소리 한 떨기

내 피 속에 섞여 있던
햇빛 한 다발

내 뼈 속에 짓고 있던
절 한 채 지우고 있다
—〈망해사 밤〉 제1~4연

망해사는 울산시 울주군에도 있고 김제시 진봉면에도 있는데 시인이 가 본 절이 어디인지는 잘 모르겠다. 두 절이 다 바다를 향해 있기에 망해사라고 이름 붙였기 때문인데, 어느 망해사인지가 중요한 것이 아니라 거기서 그린 시인의 마음 그림이 중요하다.

망해사에 밤이 왔다. 어둠이 내리고 고요가 깃드는 시각, 시인은 뇌 속에 고여 있던 종소리 한 떨기도, 피 속에 섞여 있던 햇빛 한 다발도, 뼈 속에 짓고 있던 절 한 채도 다 지우게 된다. 즉, 마음속의 온갖 삿된 것들이 다 씻겨 내려가 텅 빈 공의 세계가 된다. 절마저도 지우게 되었으니 마음이 그야말로 백지상태가 된 것이다.

바닷물에 젖은
걸쭉한 어둠이
내 속을 걸어다니며

저기 아득한 시간
그 바깥의 나라로
나를 밀어내고 있다
—〈망해사 밤〉 제5~6연

인공의 불빛 한 점 없는 완전한 어둠, 게다가 바닷물에 젖은 걸쭉한 어둠이 아득한 시간 바깥의 나라로 나를 밀어내고 있으니 나는 이제 이 세상 사람이 아니다. 아득한 우주 공간 어디인가로 유영하고 있다는 느낌도 들었으리라. 청정한 자연이 시인의 영혼을 백지상태로 만들었기에 그 백지에 시를 쓸 수밖에 없는 것. 그래서 여행지에서 시인은 펜을 꺼내 드는 것이리라.

아마도 문효치 시인은 이 지상에서 살아 숨쉬는 동안에는 계속해서 시를 쓸 것이다. 산다는 것은 곧 미지의 세계를 여행한다는 것이고, 그래서 人生流轉이나 行雲流水란 말이 생겨난 것일 터. 땅 끝에서 쓴 이런 시를 읽자니, 시인의 앞으로의 행보가 지쳐 느려지기는커녕 더욱 힘찬 발걸음이 될 것이라 믿게 된다. 문효치는 아무리 솟구쳐 뛰어도 식지 않을 사랑으로, 저 혼자 솟구쳐 뛰어오르는 힘으로 시인의 길을 걸어갈 것이라고 땅 끝에서 다짐하고 있다.

이 힘을 어찌 할거나
하늘가, 아무리 솟구쳐 뛰어도
식지 않는 사랑
땅 끝에 이르러 그리움이 되는데
세월 건너 아스라이 가버린 그대
그리움에 씻겨 단단한 보석이 되다가
그것도 지쳐 바스라져 가는데
저 혼자 솟구쳐 뛰어오르는
이 힘을 어찌할거나.
　　—〈땅 끝에서〉 전문